Bande de cochons !

ISBN 978-2-211-21355-4
Première édition dans la collection *lutin poche* : juin 2013

Loi numéro 49 956 du 16 juillet 1949 sur les publications
destinées à la jeunesse : mars 2010
Dépôt légal : juin 2013
Imprimé en France par Clerc SAS à Saint-Amand-Montrond

Mireille d'Allancé

Bande de cochons !

lutin poche de l'école des loisirs
11, rue de Sèvres, Paris 6e

C’est l’heure du dessert. Papa lit son journal.
Fanfan prend un yaourt et grimpe sur le tabouret :
« Tu es prêt, Jeanot ? Attrape ! »
« Arrêtez », crie Charlotte, « c’est mon yaourt. »
Trop tard, le yaourt s’envole.

Papa lève les yeux de son journal.
« Non mais, Jeanot, ça ne va pas, la tête ? »
« C'est pas moi », dit Jeanot,
« c'est Fanfan, il ne sait pas viser. »

Papa regarde la table : c'est un désastre.

Alors il se lève et s'écrie :
« Nettoyez-moi ça en vitesse,
bande de cochons ! »

Et aussitôt…

Trois cochons fixent
Papa d'un œil rond.
« Oups ! » fait Papa.
« Grouik », font les cochons.
Et ils bondissent hors
de la cuisine.

« Revenez ici tout de suite ! »
leur crie Papa.
Mais les cochons ne l'écoutent pas.
Ils s'enfuient dans le jardin,
en piétinant au passage
les salades de Mademoiselle Smith.

« Des salades toutes fraîches, regardez-moi ça ! »
proteste Mademoiselle Smith.
« Plus tard », dit Papa.
Mais Mademoiselle Smith agrippe le pull de Papa.
Alors Papa lui dit : « Lâchez-moi, vieille bique ! »
Et aussitôt…

« Mêêêh, mêêêh », fait Mademoiselle Smith.
Mais Papa est déjà loin. Il court,
il court après les cochons qui ont disparu dans le bois…

Les cochons sont contents.
Ils ont trouvé une belle flaque de boue.
Ils ne voient pas le loup qui les guette,
tapi dans un fourré.

Et hop, les voilà prisonniers.

« Halte-là ! » crie Papa, qui arrive tout essoufflé.
Le loup veut s'enfuir, mais son sac est très lourd.

D’un bond, Papa le rattrape et paf !
sur le crâne du loup.

« Ça y est », dit Papa, « vous pouvez sortir. »
Mais, dans le sac, rien ne bouge.

« Fanfan, Charlotte, Jeanot,
mes enfants chéris,
répondez-moi », supplie Papa.

Et aussitôt…

« Papa ! Papa ! » s'écrient les enfants.
« Regardez », dit Jeanot, « on a de la visite. »

« Mêêêh », fait la bique.
« Oh ! » s'écrie Papa,
« Mademoiselle Smith, ma chère voisine. »
Et aussitôt…

« C’est bon pour cette fois »,
dit Mademoiselle Smith, « mais mes salades
ne vont pas se redresser toutes seules. »
« Nous allons arranger ça »,
dit Papa. « Fanfan et Jeanot
sont d’excellents jardiniers. »

« Et nous, on va nettoyer
la cuisine avant que Maman n'arrive. »

Quand Maman est rentrée des courses,
elle a ouvert de grands yeux: la cuisine n'avait jamais été aussi propre.

« Je vais t'expliquer », dit Papa. « Voilà, je me suis comporté comme un ân… »
« Papa, non ! » s'écrie Charlotte. Mais trop tard…

« Ne t'inquiète pas, Maman, on le fait revenir quand on veut. »
« Ah bon. Il est joli avec ses grandes oreilles. On le garde ? »